CUENTO
DE LUZ

A Albert, el viento que impulsa mis sueños.
Gracias por creer en mí.

A Ana, gracias por transformar ilusiones en realidades.

Para todos aquellos que se detienen, que sienten el alma del que tienen enfrente,
y abren su corazón regalando amor y cobijo a quienes lo necesitan.

- Elisabet Blasco -

El sueño de Chocolate

© 2015 del texto: Elisabet Blasco
© 2015 de las ilustraciones: Cha Coco
© 2015 Cuento de Luz SL
Calle Claveles, 10 | Urb. Monteclaro | Pozuelo de Alarcón | 28223 | Madrid | Spain
www.cuentodeluz.com

ISBN: 978-84-16147-45-8

Impreso en China por Shanghai Chenxi Printing Co., Ltd. enero 2015, tirada número 1483-3

El sueño de Chocolate

Elisabet Blasco & Cha Coco

Como un reloj, cada mañana a la misma hora, Chocolate se despierta en el viejo molino abandonado, estornudando y sacudiéndose el heno del hocico.

Sin pensarlo dos veces, se dirige a casa de Sara, su casi amiga, ladrando de alegría mientras busca algo para comer. Después, como siempre, se esconde detrás de la valla de la casa durante horas, observando cómo la niña hace sus tareas.

Su olfato le dice que serán grandes amigos. Solo falta que Sara lo quiera…

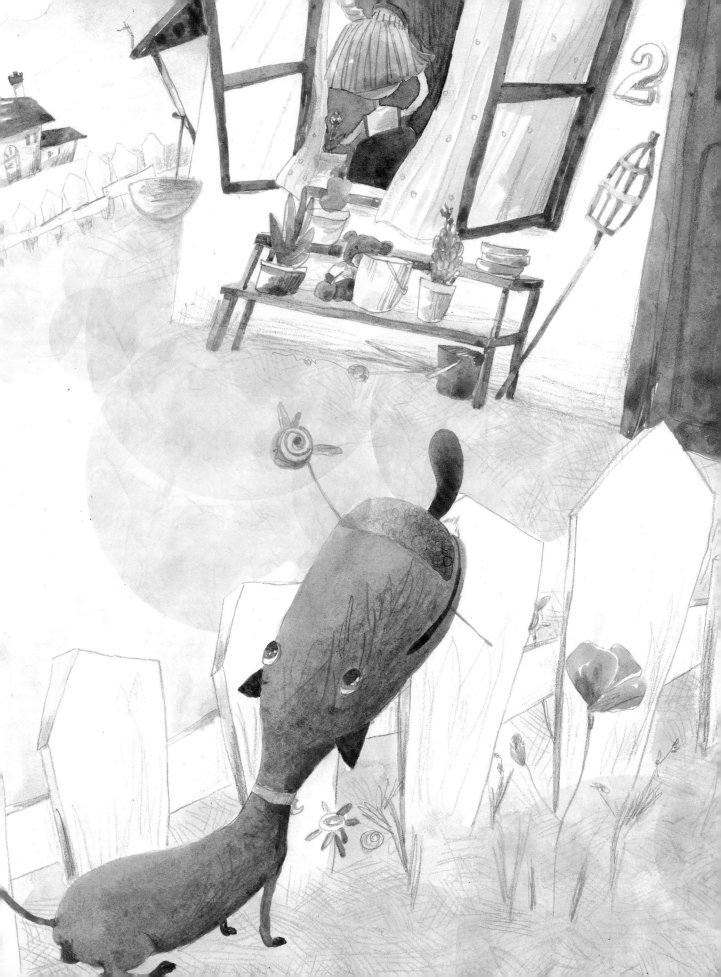

De vuelta al viejo molino, persigue las rojizas hojas que se levantan del suelo, mientras imagina que ya es parte de esa familia. Frunce el ceño muy muy fuerte y se concentra con todas sus fuerzas hasta ver su sueño cumplido…, ¡qué bueno es tener esperanza! Su corazón se llena de alegría, tanto… ¡que no queda espacio para la tristeza!

—¿Qué haces escondido tras la valla? —le
pregunta un día el pajarillo que vive en
el almendro del jardín.
—Estoy esperando el momento adecuado
para presentarme a Sara —responde
Chocolate.
—¿Por qué estás tan sucio? —replica
el pequeño picudo.

Chocolate se sienta sobre sus patas traseras, aclara su voz perruna y empieza a contar su historia:

—Vengo de una familia numerosa, pues éramos siete hermanos. Yo era el más pequeño y juguetón. Nos lo pasábamos genial todos juntos, hasta que un frío día de Navidad llegó una niña con sus padres.

Casi sin darme cuenta me encontré a dos metros del suelo en manos de aquella señora. Me había agarrado del pescuezo para examinarme minuciosamente. Miraron mi boca, hurgaron en mis orejas, contemplaron mi trufa, ¡hasta mi trasero curiosearon! Y, así, decidieron llevarme con ellos a su casa.

La verdad es que allí no me faltaba de nada.

Todo iba viento en popa hasta que llegaron
las vacaciones de verano..., y todo cambió.

Yo ya había crecido, ya no era el gracioso
cachorro de antes. Mi boca era **más grande**,
mis orejas **más puntiagudas**,
mi trufa **más abultada**
y mi trasero…,

¡mi trasero era **enorme**!

Así que, con ese verano, llegó un largo viaje
para mí, un viaje sin retorno...

La que yo creía era mi familia, me abandonó.

Pasé varias semanas vagando por las calles
hasta que encontré el destartalado molino.
Dormía inmóvil, acurrucado en un rincón.

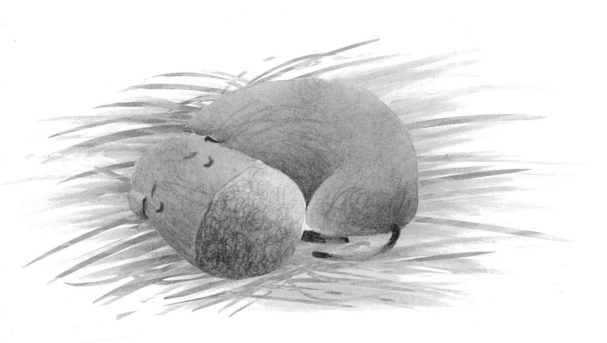

Estuve muchos días sin probar bocado. Tanta era mi pena que la tristeza, junto con un regimiento de pulgas acróbatas, había invadido todo mi cuerpo.

Me sentía solo, muy solo, y triste, muy triste.
Desde entonces vivo en el viejo molino.

El pajaro, que había escuchado muy atento
sin decir ni pío, pensó que tenía que ayudar
a su amigo de cuatro patas.

Hinchó completamente sus pulmones y
empezó a soltar el aire entonando una bonita
melodía.

Cantaba alto, muy alto. Tan fuerte salía el
aire por su pequeño pico que, como un
vendaval, su melodía envolvió a Sara.
La niña salió entonces guiada
por la curiosidad.

Allí mismo, justo detrás de la valla,
se topó con dos brillantes ojos
que la miraban fijamente.

Al ver a Chocolate tan desaliñado se le
enterneció el corazón. Se dio cuenta de que
había sido abandonado. Sara acercó
su nariz al hocico de su nuevo amigo y
ambos sintieron que un tambor resonaba
en su interior.

Era el latido de sus corazones, que habían
quedado unidos para siempre.

Desde aquel día, Chocolate durmió calentito
a los pies de la cama de Sara, feliz de haber
encontrado por fin un hogar.

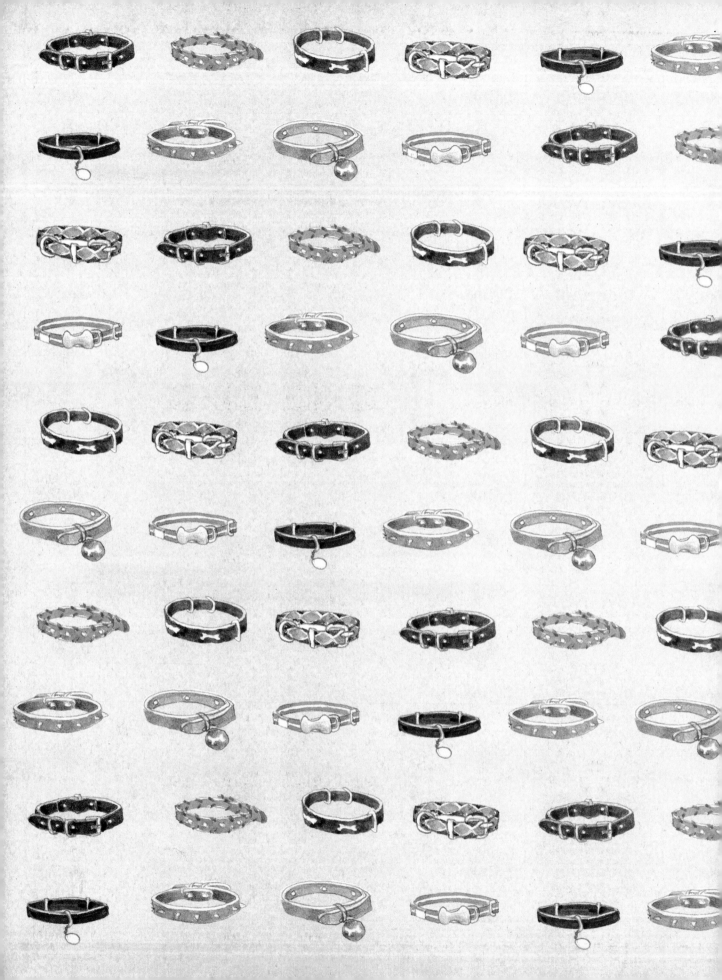